妻の文句

前田吐実男

東京四季出版

句集

妻の文句

前田吐実男

結婚以後

雪降れば雪の歌唄う妻を得て
これが結婚せんべい布団鍋釜一つ皿茶碗

遅き夜の妻の退勤時《ひけどき》みぞれとなる
何んと云う温かさ妻が買いきし安炬燵
十円玉五つ妻よこれで秋刀魚二本買えないか

妻よこれが人生の味ぞ秋刀魚腸《わた》ごと喰う

せんべえ布団妻を抱けば妻暖かし

団交

八月工場を売り逃げされ斗争始む

売却工場占拠す炎天を鴉ども

花火の闇へ明日の斗争展《ひろが》りゆく

団交よ妻よ西日につまずくな

ピケ交替が動かしてくる扉の夜気

団交決裂西日じりじり労資の間

築けバリケード！西日貫き決定とぶ
昏れ蒸す工場窓も機械も武装完《な》る

長女誕生

台風来るか電柱の限り右翼のビラ

野良猫呼びて妻と諍う西日中

出産迫る妻無口となる離職以後

産衣もなく臨月《うみづき》妻の子守唄
産れる児に買い来し盥入ってみる
長女生まる枯野に金の月を放ち

産褥の妻へ餅買いに出て昏れらるる

短日や嬰《こ》が泣き暮らす読書の端

子の襁褓《おしめ》洗うどぶ板から霜焼けねずみの掌

襁褓《おしめ》干せば凍天より鳩の糞落ちくる
町工場家並ごと揺れ冬始まる
はみだして鉄灼く路地の子に囲まれ

冬枯工場の屋根へ鴉今日も来る

仕上屑に冬日ためているスト経し友

治らぬ退院

職工病みてバリバリ喰らう秋刀魚の贅

職工の妻真顔で秋刀魚に泪ありと

長欠工衣硬く光りて冬となるか

妻子帰し病棟目覚時計《めざまし》の風となる

妻と争う舗石の微光雁渡る

かりがねや争いやめて妻も仰ぐ

治らぬ退院楡に月出て尻寒し

何んとしても生きねば遠い欅が冬日裂く

「不義理重ねよう」冬日ずりゆく都塵の坂

秋刀魚焼いて一夜秋刀魚の匂いと寝る

貧 一 族 夜 が こ わ く て 又 争 う

貧一族秋風吹けば海見にゆく

戦列に戻る日秋刀魚骨まで喰う

鮟鱇下げ見知らぬ街を猫と歩く

せめて転《ま》わそう寒の没日を機械に乗せ
月凍る瓦泣くは他人《ひと》の嬰《こ》か猫跳びさる
一冬病む髭面を妻殴りにくる

馬鹿な妻よ幾ら数えても銭はそれだけだ
相次ぐ倒産町工場の冬日なぜ燃えぬ
買う顔をして歳晩の群れの一人

焚火あればあたり歳晩の街果てず

大晦日焚火暖きは真実なり

子のいる風景

子等写生麦茶のヤカンかぽかぽ下げ

鱗が緑童女が呉れた紙の鯉
草矢放ち野の碧天へ子も駆けゆく
繁み一気に駆け登り子等「ヤッホー」

波止《はと》にずらり童子等波へ尿飛ばす

土管に夕焼けのぞき泥んこ子歓声あぐ

猫のいる路地

妻去れば猫が勝手を覗きに来る

春はそこまで妻は寝言で児をあやす

赤い毛糸児がしゃぶり妻の読書
「魚やでございい」猫が来て主婦が来る
夜業やめて妻と紙雛の顔を描く

写真撮る親馬鹿百日の児を裸にす

路地日盛り塀に爪砥ぐ片目猫

スーツケースに襁褓《おしめ》はらませ妻旅立つ

襁褓《おしめ》満艦五月の我家走り出せ

おがみ屋一団薄暑の路地へぞろぞろ出る

猫のボス春夜の屋根へのっそり出る

南風《みなみ》が尻吹く猫の親子の路地横断

寝間が仕事場

寝間が仕事場夜更けて妻が罵りだす

冬日が染《し》みた空っぽの頭にモーター鳴る
仕事投げ出し橋を渡りに子を連れ出す
ドリルの煙　窓に真赤な冬日塗られ

足元に子が寝て北風呼びそうな罫引音《けびきおん》
ペダルで切る裸木の影月がついて来る
立ち喰う夜食手も塩辛も鉄臭し

小さな快感深夜ニッパーで爪とばす

作業台に帽置く西日が俺の匂い

二階の手摺に児と顎を乗せトンビになる

川に春灯つぎつぎ点《つ》いて橋ある街
小さな煙突が川に並んで暖雨近し
川ぞいは糠雨妻にばったりあう

帰路だけが余暇裏街で鰊買う
星の無いなまぬるい坂帰りたくなる
子の尻洗う春の銭湯仕事つまる

西日へ尻主婦らが覗くストの工場

春斗最中風が身を打つ仲間の婚

妻が鳴らす海酸漿《うみほおづき》や貧極まる

妻の故郷

上州沼田に初めて行く

初めて歩く妻の故郷《ふるさと》星座低し

げんげ田踏み野の一点が妻の生家

げんげ田に輝く山羊　山雨まだ降っている
ダムとなる村夜を延々と鳴く蛙

一九六〇年安保

濤なすデモ農夫ど、はずれの歌も灼け

莚旗が梅雨雲に蒸れデモのど真中

安保国会一億総毛立つ午前零時の芝生

鉄兜が夜の鉄杭デモふくらむ
デモより帰る夏の太陽匂わせて
「アンポ・ハンタイ」子の暗誦に路地ぐるぐる

蒸される帰路天狗出そうな月現わる

江ノ島

土用波に打たれているデモの続きの鼻

子に捕まるはヤドカリばかり波昏れて

海水浴場に夜が来て崖が巨大となる

舟溜りに子が寝て月の影生む漁婦

乞食の私語聞くともなくまだ暑い橋上

炎昼のアスファルト青桐の花がはずんでいる
蠅が妻の寝顔にまつわり風のない晩だ
西日ぐらりと芥の川の原爆忌

松川判決前夜

無風の街妻が買い来し炎色《ほいろ》の皿

全員無罪

芥の川染め明日も又熱い陽が出る

夕焼け見ようか子に従いて向うの坂

子がペコチャンを叩いて街を釣の帰り
窓が明るすぎるスト頼まれている無職の身
医者を信じ切れずず雨に焼かれている

みの虫いっぱい下げて冬木の日暮れ

熱くなったヤスリ手に妻をデモにやった昼

梅雨の出張湖底のような駅に昏れ

泥んこ路地笹引きずって子の七夕

黴臭い風　子が黒猫をつれてくる

酔って投げ売る花屋が来て縁日の穴埋まる

西日ぐるぐる十円でヒヨコ買われてゆく

座席は西日何時まで眠い都電の音

艀の火昏れて一石路忌の雨

一石路忌や傘なしの子とすれちがう

材木座海岸・松野進氏宅

潮騒の中の眠りや子連れの旅

子とつれ立ち朝焼けの波に足ひたす

横田基地

若者が焔に踊る河原明日デモの起点
一つ一つ石が生む歌デモは基地へ

デモ発ちし河原子が築く石の城

夕日真赤にデモ解く橋も人も冬

闇に足出し基地をデモった妻の眠り

父の七回忌

又父の忌が村に桐の実鳴る

銀杏《ぎんなん》落ちて弾んで時雨るるや無為信寺

柿色が好きで酒豪で父の忌の時雨

働きづくめで死んで枯葉乗せている父の墓

白鳥に鳴きたてられ雪臭い湖を去る

鎌倉

子と鼻水すすり実朝の墓穴の前

子を負うて枯山鎌倉武士の足音立つ

路地に誰れ彼れの足音日曜のぬくき寝坊

「どじょうやでござい」窓からヌーと塩ぱい顔
カンパの小銭渡す明日発つ友と灯蛾の下
海へ行く、行かぬと町工場西日べっとり

ひまわりでんと風を通さぬ工場の窓
臍の汗かゆし納期せかれて西日のビル

原潜寄港反対横須賀抗議集会

夕日割れそうに濡れ立つ工場明日九・一

バスは歌声横須賀へ横須賀へ巨竜となって

運河はデモ乾物《ひもの》のような潜艦浮き

貧乏を支えた足共よ思い切りデモれ！
旗に首灼き子と握飯《にぎり》割るデモの海
夕日ぐいぐい押し上げ子も妻も海からデモ

子も俺も海の鹹《から》さ横須賀よ又来るぜ

夕日に子を乗せデモ解く横須賀の山脈

一石路墓参

唐もろこし干されその艶が一石路の生家

夢道一升びんおっ立て「栗よ達者でな」

小諸城跡

鶏頭群炎藤村売られいて二の丸跡

此れと云う土産もなく枯葉走る城《しろ》跡《あと》

大根干し

さあがきども幾ら騒いでも文句の来ない所に引越だ

大根干す冬日荒縄に十年妻の腕力

大根干せば風吹く腕白ども
ろくな事も出来ず今年も大根干す
越して二た冬又大根干す妻のけちんぼ

大根干す欅の烏飛ばずにいる

ちび三人に囃され大根干す妻の若さ

南伊豆

殻ごと焼いて蟹喰う海原色に若者ら

島に鳥の乱舞夕焼けて小さな画家
皿山盛りの常《とこ》節《ぶし》海の唄となる
浜木綿群落昏れて日焼けの女たち

子が描く海は貝殻ばかり浜木綿咲く

不漁の浜じじばばまごに浜木綿咲く

子供の国

母が歩けば児も歩く沼は初冬のささやき

草山に風落ちキチキチバッタ子と跳ねる

児が眠い草山父のバッタ採り

草山一人転がり二人転がってみせ子の奇声

銭亀に餌をやり雨の夜のデモへ

鮨買って帰る台風の夜の父娘《おやこ》

漬菜真ッ二つに干し強引な妻の教育論

薬の如くビール飲み干し梵鐘聞く
大糞たれてろくでもない年に引導渡す
雑煮ぶんまかし子に年始まる

隅田川の元日は雨と来る

赤城さかえ死す

機械止めて聞きただす妻の報せ「さかえ死す」と

幾つ油紋の川渡り団地の師の通夜

妻は先寝明日喰うどじょうやたらはねる

炎天の影を圧縮して詐欺を憎む

又詐欺にあうかも知れぬ煙突せっせと稼ぐ

貧乏汚職詐欺搾取日本自由と今年もビル立つ

松島

橋本夢道に従い、松島・平泉を巡る（一九六七年九月十二日）

台風来るか蓮田一勢に葉裏立つ

一望に海苔篊《ひび》鳴る満潮の松島湾
松島の闇一握に鐘打つ瑞巌寺
夢道の顔面波沫《なみしぶき》野分の島廻り

中尊寺月見坂

北方武士の声か風立つ杉木立

藤原三代搾取の栄華光堂

弁慶そば喰わん中尊寺台風の真只中

稲架に鴉とまりおり義経末路の衣川
毛越寺の鐘打ち夢道野分を走らせる

長男赤石入院

骨折し湾曲し海の日灼けの子の入院

「プラモデル買え」子の執念も麻酔の底

医師にほめられ

何が偉いんだ骨切られても僕指動くぞ

ホテル並みの入院費

医は仁ならず骨切断の子のプラモデル

子が退院す銀《ぎん》杏《なん》びっしりの夜

ホーチミン逝く橋にベトナムと同じ月みる

妻の強情や一言半句余地なき夏

子の百点へ妻の馬鹿面地虫の闇

台風来るか向日葵結わえつけて出勤す

娘《こ》のバレエ観る妻は無限の舞台の中

妻帰る夜を蒸す向日葵の巨大な実

病めば妻までが敵鵙が来ている

夜業びっしり多喜二忌過し窓を押す

闇《やみ》雲《くも》に生きて妻を愛す春夜の水

春永し人を信じて妻に罵らる

都知事選挙

突然犬吠えビラ入れの路地行止まり

票を盗みに彼奴《きやつ》が又来るどぶ川沿い

みのべ一票固む昏れ遅き欅の芽

みのべ圧勝作業衣脱いで街へ出よう

安中鉱害（東邦亜鉛）　藤巻卓次氏農家にて二月七日

婆の骨哭かせ今日も１tonのカドミ降る

三十五年梅咲かぬ村の怨み野火放つ

保障なき毒田冬も刈らず裏山群雀

「汝《な》は何喰べて生きなん」鉱害の河飛ぶ鷺

蛇蜂棲まぬ鉱害枯山に来て息止める
送電止めし老農指すあれは「悪魔の城」
浅間颪や仔を産めば腰抜ける牛の話

藤巻老人鉱害斗争で棺桶ぶち込まれる

棺桶ぶち込まれても斗う老いの目に梅の古木

義父の死

妻の父新保久太郎死す追悼

人も棺もひゅうひゅうと上州空っ風馬鹿

妻子六人残し死ぬまでロクロのけつ叩き
ろくな物も喰わず死んで幸せな顔している
芋の煮ころがしはしゃぐ孫たちも眠って義父の通夜

死者囲み味噌つけ饅頭みたいな吹雪の一夜

死ぬも生きるも金　義父の通夜吹雪の渦

仏の分まで呑む通夜一族に明け吹雪く

義父の棺ゆく署名に走った油菜畑雪の花

義父の葬列や吹雪を染める旗が欲しい

棺の火業《ごう》と生者らの目を灼き尽くす

骨壺に骨つめるかさかさと吹雪の音
義父埋めるこれが永劫の別れかな
ダムとなる村阻止せし義父の静かな手記

義父が残した一軒ぼろ家風花舞う

亀戸天神

筆塚に絵筆も積まれた天神さま亀冬眠中

受験に協力して下さいの絵馬からからと天神様春風駘蕩

浅草寺

ぞろぞろと地下鉄を抜け春は白い浅草
善男善女松下電器もぶら下がる雷門の大提灯
インチキも田舎も売らせ観音さま春雨

仲見世は春雨善男善女の匂いがする

長女入試

受験期の長女の窓の灯雪となるか

餅かびる頃子に四入五落の夜が始まる

高校全入ならぬものか仮眠の子に毛布かけてやる

入試終る合格しようとしまいと妻よ笑え

こんな高校に来るもんか落とされた子の声こだまして校庭雨

希望校入れずともよい、長女ぼけ咲く切通し帰って来る

桜満開何んだかんだと子が金のいる紙持って来る

水銀列島味噌碗のオコゼお前もか

林二死す同じ森の鴉見て

葱腐る夜か夫婦又争えり

団地ぐらりと地震つらぬきネルーダ最後の詩

毎日来る鵙に逢うため髭を剃る

でっかい太陽が好きで椋鳥と目黒の坂

一票の重さ押し込みラッキョウごしごし漬ける

真赤な夕日子と烏瓜とりにゆく

坂東武者の如く八月に泥鰌喰う

春雨は妻の寝息である
紫陽花の紺が好きで雨の中
商策立つ口開けて眠る妻がいる

どこも仕事が無い師走町工場どぼり昏れ
銭湯のあいさつ皆んな不景気なチンポぶら下げ
風吹く日昏れ割れた夫婦が鮖《かます》干す

出刃砥いで家族の数の鰤割《さ》く
鰤干す隣の猫め気付いたか
猫とび出す暗闇坂の沈丁花

桜の幹だけが匂っている夜明け老女死す
サイゴン陥つ其の日のために妻赤いブドウ酒抜く
カレー煮えたぎりサイゴン解放の長い話

白鳥の湖

三月二十日瓢湖

白鳥に背に雪降る彼我身じろがず
白鳥よ人間のパン食べてかなしからずや

四羽の白鳥も消え只雪ぶすま

雪昏れて白鳥草原の夢をみる

アーと一声白鳥絢爛たる離水

雪晴れの湖にオデットの羽ひろう

瓢湖の八幡宮佐藤勇君と旧交を温む

故郷《ふるさと》は起上り小法師　友と酒

伊豆修善寺

修善寺の歴史や写経の僧と蟬しぐれ

蟬鳴くばかり政子の業や血曼陀羅
七百年頼家が怨みの目虚《まなうろ》西日の面

癌夢道《むどう》

橋本夢道。第七回多喜二・百合子賞受賞。俳人。
銀座月ケ瀬創業に参画、のち同社相談役。

一九七二年六月

夢道癌炎天暗し妻とただ暗し

「黒癌だよ」オコゼの燻製に似て夢道強し

八月手術との報せに

高速道路どしゃ降り明日切る癌の夢道に馳す

九月二日夢道月島へ帰る

「癌破らん」と夢道灼けつく橋をもどる

甕一杯の手造りのイクラ夢道生きよ

鮒の如く夢道口あく一匙のイクラ入れてやる

一九七三年七月

鬼の首渡す如く土用松茸一本夢道の前

佃祭や誰も来ぬ夢道の淋しき背

天網払うが如し佃祭へ夢道の杖

夢道北海道より帰る、石狩鮭とりに来いと云われ

恭三を肴に呑むへんてこりんな夢道の石狩鍋

そのとき癌が肺に転移したと静子夫人よりないしょに知らさる

片身背負わされ泪止めどなし夢道の人情鮭

夢道再入院一九七三年九月二十一日

死んでも九州へ行きたい夢道の腰骨をさすっている

松茸汁飲む夢道ののどぼとけが鳴る

十月九日

夢道死す濃紺の街妻とひた走る

死んだはずの夢道と月へしょんべんしている

「馬鹿野郎！」の声もろとも夢道骨壺にがんじがらめに縛さるる

十二月一日納骨

酒かけて一日酒かけてうごけば寒い夢道の墓

冬日早し夢道に代り夢道の隣りの墓も掃く

大勢で下総の日溜りに夢道を置いてくる

あの世の夢道に猫鮫の歯を贈りたしクリスマス

秋風に千円払って俺の中の夢道と呑む

夢道忌や秋刀魚空とぶ月島路地

川崎臨海工区

どろどろの冬の太陽・鉄塊《インゴット》・クレーン・スレート屋根

年末要求張りめぐらし夕日破裂寸前の運河

スクラップ運河になだれ込み臨海線労働者満載

運河対岸海を喰うギラギラなナフサタンク

白い道つら抜き臨海工区バス標識ぼろぼろ

巨大なタービンと冬日、労働者どっと吐き出す川崎

町工場

不況底なしの没日工場も人も霜焼け色

都合悪ければ冬の日を鵙なかず

鼻しらけゆく梅雨の銀行手形割る

冬至近し竹屋は竹に竹を聞く

「お前借りれるだけましだ」ぶるぶるどぶ川の連小便

「暮から仕事ねえや」露地のロクロ屋朝から酒くらう

雪の夜話

雪の夜更けお前も婆も瞽女聞いたでや

雪蒼くなるまで瞽女の弾き語り
むかし見た月をたよりの盲旅
春が来る海鳴りの頃川で瞽女が死ぬ

己が耳の火を刻んでは瞽女村を去る

「ごぜは話の中の話しよな」雁木雪明り

能登三月

能登三月亡者が煽る波の花

鬼人波平が一刀海裂き能登吹雪く

宇出津の魚屋

魚屋に蛸うごめいて能登吹雪

鰈値札ごと跳ねぬるりと雪暗がり

俎板ばかりでっかく婆生きたオコゼもてあます

毛蟹がさがさひっくり返され此奴ら今朝まで海にいた

べら棒に安くてパチンコもやれまい能登の魚奴ら

春一番

春一番微動もせず悪妻に梅開く

泥葱一束《わ》小脇に妻と春一番

ソクラテスにもなれず悪妻と二十年梅見酒

梅雨

梅雨二十日　日日猫の如ゴキブリ取る

紫陽花の咲くころ蟇は夜遊びに

鬼灯市

妻の癇癪や鬼灯市も間にあわず
逃げる訳にもまいらず妻と鬼灯市

善男善女老若幼壮立錐皆無四万六千日

悪妻について四万六千ほおずき雨

鬼灯市や今年も貧乏神がついて来る

冷やかして押し売りされて鬼灯市たのしきかな

誰にも愛されほおずき雨に並んでいる

妻の文句は死ぬまで聞けよ油蟬

鯵の頭食べる吾が胃ごみ箱と笑うなかれ

憎っくき疑獄めと妻泥鰌鍋あっと平らぐ

銀《ぎん》杏《なん》寺の昼下り親不幸が来て坐る

野分闇妻激しければ妻を打つ

立冬や蓮根《はす》の穴にも貧乏神

明日煮らるるは覚悟の上か蜆舌出しおり

商売や海鼠のような奴と呑む

中年や胃袋ばかりでっかくなる

柚湯ザブンと入り妻に叱られる

建つは他人《ひと》の家、風に押されて日暮れの坂
金にもならぬ月皎皎と町工場明日も仕事がない
「納税申告馬鹿くせえや」鼻糞なすりつけて出す

酉の市

人波に押され妻も衆愚となるや三の酉

赤い飴玉三つぶ三人の子に買う酉の市

圧政に生きし祖先の夢か熊手買う
熊手売れる手〆背後におでん喰う
味噌おでんが風に乾くぞ疑獄選挙真只中

熊手売る商魂買う商魂の声　風つのる

熊手屋申す「一間物は黒い高官どものお座敷用さ」雨降るぞ

髭の鴉が俺を見ている腹立つ年末《くれ》

冬千年斗う石や金芝河の坊主あたま
鰺を割《さ》く二ン月己さく如し
明日立春俺を探しに工場を出る

田遊び

於北野神社二月十一日

田遊びの夜を三百年じいっと視ている大欅
よねぼう殿のあれは練馬大根なるほど豊作になる訳だ

註―「よねぼう」は田遊びの祭神

千町万町に女房に種播き田遊びめでたく候
押すな押すな田遊び佳境尻ぺた灼ける大焚火
よねぼう殿の涙出そうな大摩羅拝み足踏んづけられ

女神の土に「福《ふうく》の種《たあね》をまあこうよ」俺も帰ってまあこうか

田遊びをみて豚になめられた夢をみる

猛烈な食欲オタマジャクシよお前もさしづめ糞蛙

尾を振るは媚るにあらず蝌蚪一〇〇匹
佃煮にもされずオタマジャクシ飼われておる
蛙は古来上を見るために目玉がくっついておる

箱根八里

箱根芦の湖霧深ければ妻食べてばかりおる

下手糞なうぐいすや濃霧の中の磨崖仏

箱根霧俺に似た六道地蔵より引っかえす

少女のような妻と箱根八里はエメラルド

大分――「石」発行所を訪う。田原千暉氏始め同人諸氏の好意で妻保子と別府・大分を廻る

夢道の夢果さん遺影と妻と高度八〇〇〇の雲かける

一九七七年五月十三日羽田より出発

夢道よ見よ日本列島五月の空路大分まで
大分は石仏がごまんといて行雄も千暉もいる
生芋嚙じる猿のボスよお前は千暉を知ってるか

高崎山

火の玉の千暉と呑むややゝさらゝ貝

牧野桂一君に案内さる

れんげの種はじけ臼杵石仏大方は仏づら

そば食べて石仏をみて太古の蚊に喰わる

牧光風君と共に加茂忍氏の弟さんに案内され

光風の髭に欺され四百五病に効くほど山の湯飲む

ローソクと吾等四人去れば山の湯狸の浴《はい》るかな

第五福竜丸

原爆許すな許すな許すな死の灰の船鳴り

妻の文句　畢

あとがきI

みや　こうせい

まこと、少年のように若々しく、しなやかな感覚と優しさ、そして常に現実（例えば、社会悪）を正面から見ている。それが前田さんだ。ここに収められた俳句は結婚以後から（一九五八年）最近作まで。吐実男俳句からは生活の匂いと男のやさしさがただよってくる。妻、子、身辺の事象、斗争をうたった、それぞれの句にあたたかな目が感じられる。さらに吐実男俳句は、骨太で、男性的である。

現実（身のまわりのことども、すなわち、作家からするところの対象）に一たんひたりながらも、次の瞬間にはそれをつき放して冷静に見つめ、ついで、言葉として、生活句に昇華させている。

句には気負ったところも、肩肘はったところも、てらいもない。妻子や社会の現象、時に、自然をうたいながら、結局は、みずからをうたっている。そして、自分を誠実に見つめるがゆえに、普通的な意味を有する。句には、前田さんの目が息づき読むほどに熱気が伝わってくる。声を出して読むと、作者自身になったような気もしてくる。巧まざるユーモア、ゆたかで繊細な情感を味わいながらゆくりなくも夢道俳句の野太い系譜をみる思いがした。

1977年10月

あとがきII

前田吐実男

苦労かけっぱなし

第一句集は小学四年生の頃から日記代りに俳句を書いてきたその延長線上、結婚以後（一九五八〜一九七七年）二十年間の句を、今は亡き友人（詩人）が詩集のVANシリーズとして出版しないかとの話に、図図しく依頼。出版社は、え、句集、話が違うと言ったが、半金と原稿を受け取っていたので後の祭り。ま、いいかという訳で、詩集VANシリーズ44として『妻の文句』が出た。「何と云う温かさ妻が買いきし安炬燵」三帖間から始まった生活。八月に勤め先の工場を売逃げされ「団交よ妻よ西日につまずくな」妻は未だ産休も取らず看護師として病院に勤務していた。俺は失業する。十一月産休をとり妻出産。育児に専念。数年後生業資金で町工場を経営するまでは六畳が作業場兼寝間。三人の子育てと妻に苦労のかけっぱなし。十句選をしていてそんな過去が浮かんでジンときた。第一句集は育児と工場と生活が安定するまでの、今は亡き妻に苦労かけっぱなしの記録でもあった。

2014年1月

略年譜

前田吐実男（まえだ　とみお）

昭和五十六年　俳誌「夢」創刊、主宰
平成十二年　第五十五回現代俳句協会賞受賞
平成二十五年　第二回俳句四季特別賞受賞
句集に『妻の文句』『夢』『鎌倉抄』『鎌倉是空』
合同句集に『歳華悠悠』
現在、「夢」主宰
現代俳句協会名誉会員
神奈川県現代俳句協会顧問

現住所　〒248-0007　神奈川県鎌倉市大町五―三―四

俳句四季文庫
妻の文句
初版 1977 年 11 月 20 日発行
再版 2014 年 5 月 12 日発行
著　者　前田吐実男
発行人　松 尾 正 光
発行所　株式会社東京四季出版
〒189-0013 東京都東村山市栄町 2-22-28
TEL 042-399-2180
FAX 042-399-2181
印刷所　株式会社シナノ
定　価　1000 円+税

ISBN978−4−8129−0828−0